黎明的 螳螂

阿马杜·萨尔诗选

LIMING DE TANGLANG　　[塞内加尔] 阿马杜·萨尔 著　树才 译

青海出版传媒集团
青海人民出版社

图书在版编目（CIP）数据

黎明的螳螂：阿马杜·萨尔诗选 /（塞内）阿马杜·萨尔著；树才译. -- 西宁：青海人民出版社，2025.7. -- ISBN 978-7-225-06914-2

Ⅰ．I434.25

中国国家版本馆CIP数据核字第2025RZ0435号

黎明的螳螂
——阿马杜·萨尔诗选
（塞内）阿马杜·萨尔　著
　　　　树才　译

出 版 人　樊原成
出版发行　青海人民出版社有限责任公司
　　　　　西宁市五四西路71号　邮政编码:810023　电话：(0971) 6143426（总编室）
发行热线　(0971) 6143516／6137730
网　　址　http://www.qhrmcbs.com
印　　刷　青海德隆文化创意有限责任公司
经　　销　新华书店
开　　本　880mm×1230mm　1／32
印　　张　3
字　　数　40千
版　　次　2025年7月第1版　2025年7月第1次印刷
书　　号　ISBN 978-7-225-06914-2
定　　价　32.00元

版权所有　侵权必究

在白昼与黑夜之间倾诉

——2025 年度"1573 金藏羚羊国际诗歌奖"颁奖词

"1573 金藏羚羊国际诗歌奖"评委会主席 吉狄马加

非洲诗歌的传统源远流长,就如同这片大陆的文明一样悠久古老,毫无疑问,诗歌当然一直置身于这一文明的核心部分,这不难理解,因为只有语言才能承载文明基因中最稳定的密码,而诗歌作为语言千锤百炼的硕果,它在非洲不同的族群中始终保持着神性的存在,这当然不是个例,这一现象普遍存在于这个星球上所有的原住民中。马里不朽的英雄史诗《松迪亚塔》早已经告诉我们,从某种意义上而言,诗人和祭司在很多时候就是同一个人。在此,我想要告诉大家的是,这一伟大的传统从未被中断,哪怕就是在漫长的被殖民时期,当外来语言成为事实上更加普遍的交流方式,但那强大不减的诗歌基因,仍然在其神圣的精神世界里顽强地熠熠生辉,甚至给来自西方的所谓正典的语言修辞,注入了异质文化更为富有生命能量的原始张力,或许正是这个原因,非洲诗歌既是一个种族千年的颂歌,同时也是试图保持自身传统抵抗不同暴力的诗歌。非洲诗人和诗歌,从二十世纪开始,同样经历了诗歌从内容到形式上的嬗变和转化过程。当莱奥波尔德·塞达·桑戈尔、埃梅·塞泽尔等人高举"黑人性"的旗帜,将重新认识非洲文明的价值并充满自豪地推向他者眼前的时候,可以肯定让后来的历史和现实所注目的非洲现代诗的序幕,就已经被徐徐地拉开。尽管"黑人性"的提出,在当时是一个泛文化的更大的学术概念,但它所起到的巨大的划时代作用,早已经远远地超出了非洲的版图,并对那些生活在亚文化地带的诗人产生了实际的影响。更为可喜的是,这一精神和诗歌谱系的传承者一直在为其永不熄灭的火塘加薪添柴,而我此刻必须要隆重介绍给诸位的是诗人阿马杜·拉米内·萨尔,他就是一位忠实而卓越的加薪添柴的人。

　　阿马杜·拉米内·萨尔,1951年3月26日出生在塞内加尔的卡奥拉克,是莱奥波尔德·塞达·桑戈尔名符其实的同胞,被视为其诗歌精神的传承人。作为一个诗歌写作经历,已经超过半个多世纪的诗人,其作品一直保留着鲜活的抒情性，在似乎更接近于口语和自然流动的修辞中，他呈现给我们一种更为广阔的诗性空间，就如同饱览非洲一望无际的原野和奔腾不尽的河流，这一特质在他的长诗里更为突出。他在诗歌里不断有新的发现，并进行了难得的语言实验和形式上的创新，尤其是将个人经验与族群整体所面临的现实问题，在诗歌中进行了极具个人性表达，又始终延续了一种哀悼的基调。但更重要的是，他诗歌中的意象和色彩，在整体的表达上却是温暖而优雅的。因其突出的诗歌成就，他获得过法国文学院大奖和2018年度非洲诗歌奖，并在数十个国家出版了他的诗歌选集。阿马杜·拉米内·萨尔还是一位行动的诗人，他是达喀尔诗歌之家的创始人和主席，坚持致力于在学校和社区推广诗歌和艺术。作为非洲最知名的诗人之一，他把诗歌更好地进入公众生活，变成了自己的一份责任和必须要去承担的光荣使命。

　　鉴于此，青海湖诗歌节"1573金藏羚羊国际诗歌奖"评委会决定，将2025年"1573金藏羚羊国际诗歌奖"授予当代塞内加尔暨非洲诗歌的杰出代表——阿马杜·拉米内·萨尔。

2025年7月20日

Dire, épancher, entre le jour et la nuit

-Discours de remise du « Prix international de poésie 1573 Antilope d'or » pour l'année 2025

Jidi Majia, président du jury

La tradition poétique africaine est aussi ancienne que la civilisation de ce fabuleux continent. Il va de soi que la poésie a toujours été au cœur de cette civilisation, car seul le langage peut contenir et transmettre les codes secrets les plus stables de l'ADN civilisationnel. Fruit de l'affinage du langage, la poésie a toujours conservé un caractère divin chez les différentes ethnies africaines. Ce n'est pas un cas isolé : le phénomène est universel chez tous les peuples autochtones de la planète. L'épopée héroïque immortelle du Mali, Sundiata, nous apprend déjà qu'en un certain sens, poète et prêtre ne font souvent qu'un. Mais je voudrais aussi souligner que cette grande tradition n'a jamais été interrompue. Même pendant la longue période coloniale, alors que certaines langues de l'Occident sont devenues le mode de communication le plus répandu, le puissant gène poétique africain a continué à briller avec éclat dans le monde spirituel, à injecter dans la rhétorique des « canons » occidentaux une force primitive riche en énergie vitale. Hymne millénaire des ethnies locales, la poésie africaine tente aussi de conserver sa tradition face aux différents coups intentés.

Depuis le XXe siècle, la poésie africaine a subi une évolution de fond et de forme comme toute poésie moderne. Lorsque Léopold Senghor, Aimé Césaire et d'autres ont brandi le drapeau de la « Négritude » pour revaloriser la civilisation africaine et la présenter avec fierté aux autres, la poésie moderne africaine, attentive aux réalités historiques et actuelles, commence bien sa montée sur la scène internationale. Certes, la « Négritude » a été initialement un concept académique pan-culturel, mais son rôle épatant a dépassé les frontières de l'Afrique et influencé les poètes les plus divers. Et les héritiers de ce patrimoine spirituel et poétique continuent d'ajouter du bois au feu inextinguible de la poésie. Et le poète que je suis ravi de vous présenter aujourd'hui, Amadou Lamine Sall, en est un fidèle et éminent représentant.

Amadou Lamine Sall, né le 26 mars 1951 à Kaolack, au Sénégal, est un véritable compatriote de Léopold Senghor et considéré comme l'héritier de la spiritualité poétique de ce dernier. Avec plus d'un demi-siècle d'écriture poétique, ses œuvres conservent un lyrisme vif. Proche de la langue parlée et de l'émotion naturelle, sa poésie nous offre un espace poétique immensément large, comme des vues sur les vastes plaines et les fleuves impétueux de l'Afrique. Et cette caractéristique est encore plus marquée dans ses poèmes longs. Le poète nous apporte constamment de nouvelles découvertes dans sa poésie, avec des expérimentations linguistiques et des innovations formelles audacieuses. Il exprime de manière fort personnelle l'expérience individuelle et les problèmes réels auxquels est confrontée la communauté dans laquelle il se trouve, tout en maintenant un ton d'élégie. Mais ce qui est plus important, c'est que les images et les couleurs de sa poésie sont dans l'ensemble chaudes et élégantes. Pour ses accomplissements poétiques exceptionnels, il a reçu, dès 1991, le Prix du rayonnement de la langue et de la littérature françaises décerné par l'Académie française, et le Prix Tchicaya U Tam'si pour la poésie africaine en 2018, et ses anthologies sont publiées dans des dizaines de pays.

Amadou Lamine Sall est aussi un poète engagé. Fondateur - à Dakar, - et président de la Maison africaine de la Poésie internationale, il s'efforce de promouvoir la poésie et les arts dans les écoles et les communautés. L'un des poètes africains les plus importants de notre temps, il a fait de l'intégration de la poésie dans la vie publique sa responsabilité et son honneur.

Ainsi, le jury du « Prix international de poésie 1573 Antilope d'or » du Festival International de Poésie du Lac de Qinghai a décidé de remettre le Prix 2025 à Amadou Lamine Sall, poète majeur, éminent représentant sénégalais de la poésie africaine contemporaine.

Le 20 juillet 2025

赞美埃梅·塞泽尔[1]

> 我们交给黑暗一个辉煌的生命,
> 这个生命每天都奉献一颗星星。
>
> 巴勃罗·聂鲁达

噩耗传来了

在这个发愣的日子的小裙子里

所有的语言之花还没有开

在静静地出血

痛苦在牙齿之间揪紧了所有心灵

知道您去世了

大海也替我们死了

太阳死了

大地死了

小山丘沮丧

还有岛屿石状的小摆设

火山关闭了熔岩

不再有火山只剩白蚁窝

书没了味道

词语破产旅行者没了钱

诗歌开始孤独

诗歌为不驯服的丈夫让人受不了的情人哭泣

不过还是生下一些孩子

但在你之后没人再想要……

  现在众树开始最后的舞会

根须折回

果子回到花朵

花朵回到芽

芽回到叶

叶回到根

根回到苗

苗回到插枝的讷讷自语

插枝没有土

土没有水

雨水住到树林的云朵里

埃梅你的死就像虚无

取消了所有我们冲动的激情

插枝回到栽种者僵死的手势

栽种者结束了树的梦

他在营地里哭你埃梅

你巨蟒不安的种子

就像播种者我们为你哭泣埃梅

因为你是最早的土地生命的犁沟

风的歌声暴风雨的季节

香蕉的笑声番石榴的诺言

跟你在一起甘蔗重新

命名了汗水的道路

以及用光的墨水重写的黑人的书籍

以及荣耀无尽的缎子地毯……

  噩耗在天蒙蒙亮时传来

蒙蒙亮的天你是唯一的语言大师

蒙蒙亮的天被你的名字命名

它将说出**天蒙蒙亮**

它将住进**天蒙蒙亮**

不用命名你言语的言语

你的话语嗡嗡嗡响

你的狂风话语你的齐炮话语

你的赞比西河的湍急和瀑布的话语

谁将凭不命名为你命名

你的话语的新生氧气?

  自这四月的第十七天以来

太阳不再是太阳

岛屿不再是岛屿

马提尼克也不再只是马提尼克

它庇荫一座比他的名字更大的墓

它不单独看护一座墓

它从来不单独看护……

埃梅·塞泽尔是人的土地

埃梅你是黑人你是白人

你是黄种人埃梅你是班图人

你是曼丁哥人图西人豪萨人迪奥拉人

柏柏尔人图库勒尔人贝塔人

你是所有纬线之地

所有痛苦的会聚之地

所有不可缩减的尊严的林中空地

在你身上你拆除了所有凌辱

卡姆儿子们的所有屈辱

你是所有肤色的黑人

你是红宝石和灌木丛的混合

   自这个四月天蒙蒙亮的这个黑夜以来

许多鸟巢掉落了

蜜蜂吐出苦涩的蜂蜜

田地委身于荆棘的火焰

隐喻住进了虚无和烦恼

节奏跳过一百座矿山

摔断了腿

诗歌敲破了鼓吹残了笛子

你更有营养的愤怒

吃掉了所有的其他愤怒……

哪一首诗会有你肾的狂怒

血的幻觉?

哪一类诗会给我们其他男孩?

多少诗人写下诗句

却永远不明白早晨的纯洁?

多少有幻觉的诗人来自不真实的土地

会被拣选到众神的桌旁?

  埃梅

谢谢你为了荣耀的闪电为了风的狂怒

为了金色的星星金色的年代淡红色的话语

谢谢你为了反抗的额头信使的蓝色尊严

谢谢你为了鲸鱼的逃逸同类的歌声

为了水手们的耶拉[②]

库姆塔·金戴[③]的幸福记忆

谢谢你为了非洲从壁虱

从嘲笑从臭味中解脱出来

免受所有的羞愧

为了非洲像大地的集体之心

为了重生的非洲像诺言那么美

为了光滑的非洲归还给蜜的花园

谢谢你为了刚果埃梅为了这个刚果

你的辅音归还了你的矿石

重新命名了卢蒙巴[④]的紫色信件

海地挺立着像一面鼓风的旗帜

从大洋的这一端到另一端

被图森·鲁凡尔居[⑤]歌唱的海地喊叫着

放开了喉咙的呼喊

  谢谢你把桑戈尔在丰沛的季风

和加勒比海的风暴中做成

重新找回的血液和皮肤的记忆

你看见了吧下雨了你的名字在若阿勒⑥

海牛成队向西马尔⑦少女们的舞蹈

兜售它们的悲歌

据说你即位成了姆比西尔⑧的大象

  我们的痛苦几乎被治愈

被你整个喝下的你的痛苦的痛苦

自黑人的黎明以来

被你撕裂

自大熊的黎明以来

我们的痛苦现在被治愈

被你词语的热汤

被火和新鲜血液的喧哗声

被一种语言我们倾听了它的心愿

我们听见了它野性的奔跑

除非种马不去踩踏

法兰西古老大师们的优雅

被一种语言你删除了它的全部坟墓

你关闭了短弯刀上的所有冬天

被一种钻石做成的语言

你把它藏在无尽的春天

被一种怀着法兰西的多肤色的孩子的

语言一个出格的美丽的法兰西

被一种比法兰西更悠远的法兰西的语言

一个更好地敞开给差异的法兰西

更好地敞开给复数的身份

被一种发明更团结的法兰西的语言

它让法兰西重新开始多产

它原谅那个迷了路的法兰西

它预言比法兰西更慷慨的那个法兰西

比法兰西更荣耀的那个法兰西

不再把芦苇丢在沼泽旁的

那个法兰西

被诗人杀掉了野蛮人的这个法兰西

　　意外的时刻来临了

通过你的嗓音埃梅

黑人性创造了白人

白人梦见了万圣节

萨莫里松迪亚塔曼德拉

白人梦见热带草原黑人少女们的

彩虹蓝色的羚羊

枣子的嘴……

埃梅你在克里奥尔的篮子里

让一种法兰西的语言诞生并成长

它可以追溯到

墓穴的底部

斯特拉斯堡誓言⑨你重新做成了

法兰西堡誓言

一种盔甲和恩赐的语言诞生了

一种语言有一千道门一千口出口

一千头狮子一千匹狼

一千个阿米纳塔一千个伊莎贝尔

有底舱的船的语言

风和长浪的语言

地平线高塔和无尽的灌木丛的语言

无尽的血的语言

吃饱了的太阳和亚马逊的语言

祖鲁和博祖的语言

查理大帝和拿破仑的语言

角落和箭和剑和卫星的语言

而在唯一的树上接芽抓住了埃梅

巴黎的土地达喀尔的根

塞舌尔的汁黎巴黎的叶河内的花

埃及的季节魁北克的雨

法兰西堡的果实

果酱的语言茶的语言

咖啡的语言米的语言

库斯库斯的语言自行车鸡的语言

相遇和友情

放肆的语言顶撞的语言爱的语言……

因此法兰西学士院欠你荣耀的债

利息在百年内

能养活你子孙的骄傲

远离山谷的热带草原的过去的季节

小山和蜂鸟

蜂鸟的微不足道的奇观

你始终惊诧：一个这么娇弱的身子

竟能忍受一颗跳动的心的战鼓脚步……

  你把我们从仇恨中治愈埃梅

因为你是养子却命名了父亲

是女儿却喂母亲吃奶

为法兰西你在大本营的铁砧上

锻造了词语

而黑色的煤拨旺法兰西的语言

在天蒙蒙亮的尽头

你摧毁身上所有的伤口为了变成一道花边

你身上的斧子变成缝衣的针

埃梅你是出色的观看者和喇叭

词尾和播种

精神的地窖溢出了新收的种子

  谢谢你埃梅

谢谢为了那位文明到骨子里的黑人

谢谢为了宇宙的愤怒

为了黑色的雪和热带的冬天

谢谢为了所有元音的打开的门

灵魂的词尾

指甲花回到流亡的嘴唇上

谢谢为了国王为了骑士为了侍从

那四滴血

谢谢为了欢乐为了哭泣为了雨为了花园

收获的长子们谢谢

德佩斯特雷/格里桑/莫尼克

勒莫纳/马克西迈/卡罕尔

和所有其他看护者

夜的看护者寻找

额头上同样的星星

谢谢为了铁为了最终被战胜的内在的锁链

谢谢为了睡眠为了餐食为了零钱为了签证

为了愈合的伤口为了学校的焦渴

谢谢为了语言的日常面包

谢谢为了皮肤那些"已故的边境"①

为了言语那些飞散的头发……诗歌

  埃梅

我们的眼泪不是天使们的眼泪

他们跳舞因为欢快的笛子到了

高飞的鹰

合唱团的男高音

手风琴的青铜嗓子

在绷紧的词语节奏中那些词语将在天空诞生

你让这些词语为我们降临当上帝睡着的时候

  埃梅

上帝炫耀了漫长的好几个世纪他说

他接见入教者的最后一个长子

  但几天内我们还是感动了他

用我们穆斯林的祈祷

用我们基督徒的祈祷

用我们无神论者的祈祷

用我们的母亲们无法躲避的奠酒

好让他不颁布教谕

其他花朵的时间其他果实的时间……

但是上帝爱诗人

尤其那些在墨水瓶里制造闪电的诗人

而你在墨水瓶里既有闪电也有暴风雨

还有埃梅你火箭齐射的诗笔

上帝爱你是因为诗歌爱你

而诗歌是他嘴里唯一的椰枣

他于是把你抱入他的怀里

用他的大衣盖好

然后你在第 18 天变成绿色为了守护你

他在四月的第 17 天要走了

在你喜欢观看芒果的四月……

他的芒果比我们爱的目光

和惊异的弟子们更加温柔……

六月将是龙牙花的月份

我们再次赞美你因为

诗人总是为我们而死……

  从塞内加尔我向你致敬

同我的人民我的吉祥物我的猴面包树一起

我们向你致敬按照达姆鼓的字母次序

首先是非洲的最根本的黑人

然后是加勒比海人以一大群美丽岛屿的名义

但也是血的和痛苦的

然后是法国人因为历史的吊诡

你的名字凭着历史的吊诡

它让法兰西长得更高我预言明天

这个开放的法兰西像一个女人的

身体敞开给跪着的那两天

每一个心愿的抚摸……

你最终是世界公民因为

你携带着整个受辱的土地

因为你曾在那里当人类消沉

当人让人弯下腰

在非人条件的

地下的无底洞里

埃梅你不只是反抗不公正

也反抗那些神

那些优雅的恶棍们

以你的名埃梅你是源头诗人

我们的猴面包树再也不会丢失它们的骄傲

而诗歌将拥有诀别之吻的

永远的大海……

  去吧埃梅去吧

停顿

我们将战胜坏天气

我们将对王子们的傲慢关闭天空

诗歌将仅凭你的名字让自己重生

我们照管畜群

你最漂亮的那些小牝牛

去吧就像你愿意的

"我们不会让萤火虫绝望"

2008 年 4 月 22 日 达喀尔

注：

1. 埃梅·塞泽尔（Aimé Césaire, 1913 — 2008），担任马提尼克首府法兰西堡市市长 56 年，担任法国国会议员 48 年，被公认为"黑人性"思想的奠基人和 20 世纪最伟大的法语诗人之一。

2. 耶拉，塞内加尔图库勒尔部族的著名歌舞。

3. 库姆塔·金戴，电影《根》的主人公。

4. 卢蒙巴，刚果独立的英雄，被比利时当局杀害。

5. 图森·鲁凡尔居，海地政治家，元帅。

6. 若阿勒，塞内加尔开国总统、大诗人桑戈尔的家乡城市。

7. 西马尔，桑戈尔诗中的村庄名。

8. 姆比西尔，桑戈尔诗中的村庄名。

9. 斯特拉斯堡誓言，标志着法语作为一种书写语言的诞生（842年）。

10. 已故的边境，魁北克诗人让-路易·罗伊的一本诗集名字。

为爱所伤的人

> 我的爱是一个哭泣的孩子
> 他不想钻出你的怀抱
>
> 　　　　　　巴勃罗·聂鲁达

　　他走向街道这个受伤的人
他在夜里寻找一个避难所
他寻找一个心的花园
去安顿他火热的额头
他寻找一个可以呼救的身影
尽管他嘴里满是坚硬的石块
　　他走向街道这个受伤的人
他迟疑着他的眼睛在舌头上
翻找这不友善的夜晚
　　这个受伤的人目光龟裂
他的喊叫撞击着沉默的房屋的墙壁
又落回他的耳朵旁边那些蜘蛛
在尖叫的魔鬼森林里结网
　　这个受伤的人在寒冷的长街上发抖

远处一只猫或一位舞者经过

　　就像一只不吉祥的阴影

　　他走向街道这个受伤的人

他知道白天会从他冻出破洞的脸上起身

他闭上的眼皮像一个邋遢鬼正眼看着太阳

　　他走向街道这个受伤的人

在硬如刀片的大风之夜渴得要死

他只有他呛人的鲜血液体可饮

因此他一直挤压被白色鲜血充满的衣服

闭着眼睛痛饮他身体的所有油橄榄树

　　他走向街道这个受伤的人

围捕饥饿和伤口里的那些石子

　　女人

从白天和夜晚扯下的你的爱

就像扯下一块皮肤让他受伤

爱你之前他只是个男人

爱上他时你把他变成神

离开他时你让他成了豺狼

而这只帅气的豺狼在爱已被开膛的夜里

还在向星星们兜售他那些痛苦的表情

　　他走向街道这个受伤的人

但愿你炭火的手将治愈冬天

但愿你厚羊毛的温柔归还

蓝天和从前的岛屿上的茉莉花

但愿你重又返回的整个爱给出永恒
  在熟悉的这个受伤的人等待着的夜里
蜷缩在一条窄巷的角落
一个破碎的希望顶着一墙颓废的墙面
  在他浸透乡思的衣服里
他梦见你的裙子发情的母狮之窝
他梦见你盐一般的大腿
脸色放松他躺在你暴风雨的遥远国度
唇角掠过一丝永恒的微笑
而他身上的生命已灭像一支切断的雪茄
  不是上帝也非魔鬼也非亲生父母
只有你能让他醒来
在颈动脉的血花干涸之前
  为何你非要让他的爱死去
  而你却不死?

在语言的孤独中[1]

在语言的孤独中她有一段历史

而我并不拥有所有的语言

然而我爱她,毋需一个词来承认

爱害怕掀开一切的那些词

爱是被寂静完成的哀曲

在我身上它概括所有沉睡的吉他

注:

1. 标题系译者所加。以下至末章诸篇,皆同此例。

你一直住在我身上

你一直住在我身上

为了养活幻象我最终只能将你擒获

我在我孤独的退休中建筑你

在一个围篱里我看护你

为了让记忆对你伸手可触

我在心中拷贝了你

在未来的很多年很多年里

我在我的血液里背诵你

在我的国度

在我的国度,你瞧

太阳是一个女人

白昼是一个女人

欢乐是一个女人

梦是一个女人

抱歉是一个女人

歌声是一个女人

而我在女人的歌声中诞生

从肚子的欲望中诞生

我是一个爱神

这是星期天

这是星期天

她离得那么远……

她给我写信说我的缺席又让她

开辟了几条不确定的道路……

说她的心在打盹

她的手背叛她……

说她尝试打开心像一本书但

没有人读它仿佛只有

我知道打开书页同血管的词语说话

从这颗心她知道我做了我的床头灯

我的蜡烛我的打火机我的墨水我的茶

太阳升起前我道路的书页

我的第一声公鸡打鸣

而露水足够让我渴饮……

醉了我唱她她知道我唱她就像一个疯子

你瞧，我不再有名字我不再有面孔

我像一颗远离海湾的卵石那样徘徊

大海那么远而我实在懒得旅行……

我是忧伤的我的心充满祈祷

我的词语是你热带草原的炎热是你

野兽的气味黎明时种子的芳香是你

我的爱是无尽的像先知的信仰

比空白的纸页更强悍当海亚姆

和波德莱尔把烧酒都喝光但是

没有一滴元音在烂醉的边缘……

我呼唤你的手指你的掌心你的喊叫……

为了让时间在宿营地的灯光上失去理智

为了白蚁不再啃噬我们秘密的树篱

你把我变成了一个怨夫

我只是一种死了的语言

一座没有伊玛目的清真寺

一个没有大蜡烛的教堂

一座没有信徒的寺庙

一家没有保密箱的银行

一本没有页码的人

一个没有羊群的牧羊人

一座没有街道的城市

我没有面孔没有家没有桌子

没有你没有你的笑声怎么活

上帝爱我们

他保护在太阳的毒液里锻炼过的爱情

上帝将把他的年龄给我们

而我们将比盐经历得更多……

在我的国度祈祷就是希望上帝并不焦急

  她为我舞蹈在一些星期天

在一些星期天她跳了舞

书在精神的雨中自己打开

暴风雨来临山峦的舞会开始

上帝我多么爱她

这是星期天而她那么远

它是我打开的一个希望

它是我打开的一个希望
我发誓要去爱的一张脸
只要有天空就永远会有希望
———一只鸟飞过

我的爱

我的爱还没有在这片新大陆上起身
永远会有你和大海

你是洞穴

你是洞穴
我是火
你是岛屿
我是树
　你是土地
　我是雨
　你是犁沟
　我是种子
　　收获诞生于我们的温柔
　　反抗是我们血液中的美

永远如此

永远如此：贴着你我才发明世界
无论你去哪里
到何处流亡
我的爱在你的脖子上留下了
那永恒的温柔的项链

我点燃沙漠的蓝色夜晚

我点燃沙漠的蓝色夜晚

打开天空的星星

放大骆驼的眼睛

固定寂静

但无论你还是你的脸

无论你还是你的脚步都没有

在沙漠的柏树丛赶猎物中留下印记

像一个新疯子

我在夜里重复你的名字——

你在哪儿

假如

假如你用仅有的一天去懂

去试着爱我

我会消除你的疑惑

我会把你的全部担心

变成我唯一的包袱

在你的眼睛里

在你的眼睛里我温柔的旅行结束了
你是那个星球——
我的科拉琴开始响起
我的歌声熄灭

我爱你

我爱你
我宁愿你在大地上
我宁愿你活得更长久
比发明你并为你加冕的我的眼睛
我的双手让你变形
我的心你让它臣服

我曾是一块睡着的玄武岩

我曾是一块睡着的玄武岩
一块野性的石头
一块冬天的大理石
一个夜晚你把我抱入嘴的火焰
从此我忘了熄灭
迷失在你神奇的快乐中
我把我的名给了环裂果的炉膛
我的姓栖居在图腾的火焰中

我只是苍白太阳的边角料

我只是苍白太阳的边角料
阴暗的角落里织满病蜘蛛
我只是一角颤抖和仇恨的天空
一块板子上无数白蚁唱着歌
我只是撬了一下
一个充满腐烂的骄傲的流亡的身体
我只是一块蜕下的皮
一个荒谬的原罪
一个骗人的德性
直到你来临的那一天
  带着你的播种
   告诉我世界最终同意
   让幸福替代痛苦
   让丰盈替代饥饿
   让和平替代战争
    因此
    我重新成为预言
    亮在天空幽深处的巨大星辰

你知道

只有爱能强迫我活着

在一种死亡中我

只有守灵的位置

在我所有被埋葬的爱中

在我所有被埋葬的爱中
我徒然寻找那离太阳最近的
然后在一个月蚀之夜
你来到我的血液中歌唱
我这么贴近地爱着你
清晨的白鸽在我绿色肩膀的巢里

我和你相爱

我和你相爱
　　我的整个种族在肾里

我的爱不认识人群

我的爱不认识人群
我们真的需要人群吗
　　你的双眼已经足够
　　我的忠诚是一个笼子

你扑进大海

你扑进大海但你还没有抵岸

我守护着波涛和泡沫

厌倦了仔细察看鲨鱼

我最后同沙子谈起沙滩

而你从东边来海在那里已经死了

太阳在白色石头上玩耍

你在砂砾上的脚步抹去我眼中的飞鸟

我曾属于土地

大海要稍晚一些

因为盐的滋味和风的信使

所有的燕子

所有的燕子都飞入我心窝

春天结束了

大海无所不在

大海无所不在
  而灼热的幻景之岸
  和那些岁月经历了大海
  现在你理解了我为何
在你臂弯里长长的歇息
  当我把你装舱
  像在一个梦中的遥远码头
  在一个白沙的港口

我爱你

我爱你
我活过了一千年
　　当你离去
　　我衰老了一千次一千年
　　但我明天一看见你眼睛的闪光
　　我就又会变成你的任性的孩子

没有你的日子到了

没有你的日子到了
在我的心里梦散了
野花的开放蒸发了
我的受伤的海鸥解体了
在你缺席的灼热的太阳下
　　罗望子树上的花明天
　　会跟我说你移居的时间
　　我不再拥有我的空间
　　被不确定和壮美的鸟所伤
　　　　你是我早年的神兽
　　　　我的炼金术所缺的神奇春药
　　　　你是我生命的火把
　　　　阴影和光明

很久以前

很久以前我们的爱拍打着翅膀

而冬天没有结束

  在我心灵的边缘

  你的爱如今已结冰

    你知道再不会有夏天

人们告诉我

人们告诉我

我以前是个瞎子

孩子那温柔的手搁在我黑夜的眼皮上

把我从墨水的道路上拽出来

我对着凋谢的花朵之美

和黑暗的漫长日子哭泣

孩子命名我为黄昏之芽的守护者

和活力的牧羊人

而我最终栖居在花萼的哀曲

和完成的花园那美的蛮力中

现在我知道花香命名它的色彩

在瞎子的丰富的记忆中……

作为斗争的武器无论如何

我还是选择了爱

在我的国度,一些树

在我的国度,一些树

在早晨同枝头的果子一起诞生

在一个从未修剪的花园

在我的国度

一些植物背弃汁液

像芽离开茎

花开过了

但茎是花的记忆

我居住在一个对梦想不忠的国度

我居住在一个对梦想不忠的国度
我称一称寂静的野蛮重量
它每天都在腐烂
在每一座房屋……

仇恨喝光爱的整个的蓝
但为什么为了什么

为一种没有土地的自由发疯
世界对我的梦想不忠
爱到处被讨价还价
在世界那上了浆的恐惧中
和平被买卖
仇恨被买卖
还有寂静睡眠
大米小米和汤
我没有钱也没有雨季
但谁能剥夺我对果实落尽的
季节的信念
在激情和手指之间

我如此热爱舞蹈

你身体的最后一个春天

裸露着腰

和温柔的愤怒一起

同你灌木丛的柔软岛屿搭讪

现在我知道

跟你的眼睛这些眼睛在一起不是真的

我居住在一个两鬓斑白的苍白国度

同你的眼睛这些眼睛在一起

这些红色爬虫的闪亮不是真的

在年轻骄傲的嫩芽之间

贫穷而吓人的秧鸡突然涌现不是真的

在它们镀铬的喉咙的咯咯笑声之间

而……它们始终害怕

同它们的梦境相遇……

同你的眼睛这些眼睛在一起不是真的

我说着话唱着歌当可恶的死亡

走在亚特兰大索韦托镇上

母亲们痛苦得脸色发青

兄弟们羞愧得浑身发绿

我身上的乍得①被枪杀爆炸……然而明天

这么温柔

摸上去这么温柔

同你的眼睛这些眼睛在一起不是真的

豺狼们嚎叫而日子哑默

在我的手里我的嘴里我遮住

火焰的其他愤怒

其他语言嗡嗡响的凶悍蜂巢

和挤来挤去的热烈蛇窝

但我知道我不再独自面对我的梦想

为那些男人也为那些女人

他们此刻守着他们的苦难

他们失去的受伤的被惩罚的爱

为那些没能埋葬死者的人

因为他们贫穷

从他们无法承受的眼神

我的心跪着加入

我伸出双手裹尸布

在高声祈祷的催眠中

但明亮的字母表很快就将闪光

在我所有人民的头脑中很快

将闪耀含着沙子的光

是的痛苦总是在信仰的道路上消亡……

注：

  1. 乍得：乍得共和国，简称乍得，是非洲中部的一个内陆国家。

这个世界对我的梦想不忠

这个世界对我的梦想不忠

但我有爱可以避难

而时间厌倦了……

我的窗开向关闭的窗

我的门开向关闭的门

难道是献上蜂蜜的时候……

我不再说话我看这个世界

我不再睡觉我看这个世界

我不再做梦我看这个世界

好笑吧我只相信并且爱

确定的天空

确定的人行道

确定的目光和声音

确定的白天和夜晚

否则又会是无尽的希望

无尽的呻吟

无尽的自杀

摘掉花瓣的诺言

这个世界对我的梦想不忠

但我有爱可以避难

而时间厌倦了……

但今晚不是悲伤的夜晚

一捧东方的泥土对我已经足够

在我摇晃的双手的清新中

我久久地哭泣

然后马上止住

我抽我的痛苦几个耳光

我守护得太久了

在我冒汗的记忆中

那些哈喇味的面包屑

从我被谋杀的爱

到道路的话语

这就是为什么现在要让我歌唱

歌唱跳舞歌唱

今晚我把她藏在我的最深处

藏起藏起小毒蛇的仇恨

我拒绝交出她

抓灵魂的鹰爪

因为她总是不讲客套地同我握手

而我的心死于鲜血迸溅

……世界老了

我把她藏到藏到天空的忧伤角落

那是2007年2月25日傍晚

那是2007年2月25日傍晚
女人们男人们回到家里
把他们的记忆放进抽屉
他们永远也不想再打开
而我想喊
却又不能喊
母亲瞧着我
老婆算着存款
孩子们在玩捉迷藏
截断的蜡烛下带着字母表
那是2007年2月25日傍晚
女人们男人们回到家里
把他们的记忆放进抽屉
他们永远也不想再打开
而我想喊
却又不能喊
我寻求真相但我找不到它
动物的腐烂味是持久不散的

风对它的路有把握

指南针很方便

但没有动物的任何痕迹

我琢磨我的愤怒藏在哪里

但我身上已没有空空的衣柜

因此我祈求上帝跟我说话

为了找到正确的道路

他回答我他在伊拉克

说他找不到旅馆

而天色已晚

城市在焚烧

夜已经降临

他窥见一辆绿色的小型卡车

要求司机

别把炸弹引爆

因为一个女人在这命定时刻

正穿过街道

她已经等了二十年

为了体会做妈妈的幸福

她的孩子从清晨起就没吃到她的奶

她出家门是为了去矿场干活……

我想喊但妈妈瞧着我

老婆数着瘦萝卜

孩子们在纸板上犯困了

总统还是挺喜欢我

他甚至给我写了信

他的信在我的水箱里

因为金丝鸟胖胖的

而我们得放开喝

才能掩饰饥饿

我们得拼命洗才能洗掉污垢

我想喊

民主用两根手指对我示意

在撞破的门和镀金的墙背后

它裸露着屁股

身子正发抖

脸上卸了妆

但乳房坚挺而炽烈

热得就像雨天早晨的一个好面包

它向我要一件衣服穿到身上

它裸露着裂开的脚

它向我借鞋子而我已经很久

甚至我已不再有鞋可穿

我操心的是饥饿而不是鞋子

我有这双脚是为了抗议鞋店

我的脚就是我的鞋

它们是我的注册商标

总统还是挺喜欢我

他甚至给我写了信

而我的朋友们恳求我告诉民主

在这扇撞破的门背后

我对它无能为力

最好还是等待法官

法官们用金片熨他们的长袍

而天花板的光正好做熨衣板

而我想喊

却又不能喊

为了能喊我收拾行李

我拿了我不喜欢的那些书

这些空空的书被那些虚无的作家签了名

我拿了敌人们的照相簿

挑了早已划破的唱片歌手很快被人遗忘

我从容地收拾行李

不带牙刷

不带衬衫

但在箱底我小心翼翼地放入一个大包裹

还有一只饥饿的硕鼠

宪法这部书

法官的名单

宪法法院的建筑照片

当我到达我要念宪法的内容

和它的条款

法官的名单

法院建筑的照片

也许只有我能对民主伸出援手

撞破的门背后但墙面缀着银片的这位妇女

我离开了

我要栖居到枫树的时光和国度里

我喜爱的诗人的国度

据说那边长夜漫漫

冰原壮美

在那里我能喊不会有人要我闭嘴

我们需要兰波

  我们需要兰波

他有枣树的脸

白蚁的眼神

他的步伐画出撒哈拉的沙丘

他的营地在月光下是他的教堂绿洲的希望

他来自童年他的土地是世界

他携着蓝色的歌就像廷巴克图①少女们的嘴唇

他同风和椰枣树一起玩耍

他的手指是柔软的布是牵骆驼的人的头巾

他的双手像他诗句的时光一样丰盛

他响亮的嗓音来自节日的一个月亮

就像非洲的热带草原知道如何入它的梦

他是黑人公主血管里的巫师乐师和诗人

他是根须的跳跃

他是词语的涌浪

他是房屋是划独木舟的人的书籍

他是不可战胜的诗人把法国诗歌拽出避难所

他同风说话在阿尔卑斯山脉之上在比利牛斯山脉之上

他在醉酒之夜读异教徒祈祷的火热书板

他在若阿勒②过夜在黎明前痛饮绿狮子迪奥戈耶的脚步

朝圣者中的朝圣者

先于荆棘先于羚羊先于专吃庄稼的非洲鸟雀

他同我们的黑人祖先一起跳舞

先于查理城他是闪电和芒果树的孩子

他同大象一起玩耍他爬上猴面包树

他走在大山之前跳过围墙参观兴奋的灌木丛

  阿尔图尔有一头乱发像暴风雨但眼睛温柔

他现在走在我们的掌心上我们的心里

他拿着蜡烛他重新激活我们怀疑的火焰

他为我们发明其他的手以便握住其他不可计数的手

从钢琴他奏出达姆鼓从手风琴他吹响柳笛

他跨越边界精神的边界我们身上冰冻的边界

他治愈恐惧打开锁着的门建造花园邀请辽阔

  兰波与我们同在

他在这里也在那里他不躺下

但站在我们的话语里我们的记忆中

他在我们的寂静中他在白昼他在黑夜

他为我们准备以后的心灵的季节

准备母熊的契约和狮子狐狸骆驼的契约

他为我们找到最明确的爱的尺度

对词语的爱词语旅行给我们住处食物光明和希望

用墨水他做出我们的酒我们的奶

我们的浴缸我们金色的水源

兰波这个名字歌唱着团结着渴饮着

兰波为了让诗歌永不低落无论手臂还是心灵

尤其是心灵……

兰波因此接受我为你歌唱为你跳舞

我的双脚就在你黑色的双脚之间

2008 年 10 月 夏尔维尔

注：

1. 廷巴克图市，被联合国教科文组织列为世界遗产。

2. 塞内加尔第一任总统，诗人利奥波德·塞达尔·桑戈尔就出生在若阿勒。

黎明的螳螂
——歌声又起——

我到处找你而你无处不在

在花和茎之间

在白昼和黑夜之间

在梦幻的笑声之间

在缺失的抚摸之间

到处又无处

人们此时谈你就像谈论排水沟里的一只小猫

灰色的黎明转瞬即逝的阴影

但你的油仍在给我那

苦于孤独的心散发芳香

你在哪里夜的女儿

这首诗已经气喘吁吁词语纷纷溜走

羽毛因为黑色的葡萄酒跳起阿拉伯舞

元音们漫不经心

而停止不前的辅音们成群结队

在打呵欠的书页空白处徘徊

今晚只有你能理解为什么

我写这首关于身体关于橄榄关于血和爱的诗

这首倒霉的献给高潮的诗

我渴望在夜的肚子里同你说话

当星星的碎屑在你蜂蜜的

和发烧的嘴唇上舞蹈

而你在夜间的白色花边的牙齿

重新创造月亮的淘气之舞

在再也无法做爱的

云上飘流

你在哪里夜的女儿

我知道你会回来

因为我是你窝里的野兽

爬虫缠着你并把你引向白昼的光

但我现在就想看见你

明天我将返回故乡的梦

我在任何一个车站都不会停留

我不会看任何别的脸

我独自出门只带唯一的目光

只穿我仅有的身体

我行走

我走得疯狂

直直朝着那些南方的神殿

神甫们在那里闲聊献祭的少女们开花

直直朝着好客的梦

女人的梦清水的梦绿草的梦

漂亮美女高大漂亮的美女的梦

怀抱炽热的光

你在哪里夜的女儿

时间逃跑

你知道我不是第十三个钟点的迟到者

因为我们这里热带草原的门上写着

第一杵就是多产之芽

而你迷失在语言的触碰和露珠

之间

虚无嘲笑我那些撕裂的呼唤

你在哪里女人

你蜷缩在哪个寂静的谷仓

谁在这五月的夜晚同你做爱

昨天我对着你的身子发誓

也知道像退潮的海一样受着折磨

昨天唯有我的眼睛

狂乱地穿越你不真实的完美体形

昨天唯有爱在你的目光中层层迭起

而你的身体绷紧献给

我光着上半身的欲望的强力

我拒绝让位给愤怒绝望眼泪

因为我知道你是带着我离开的

我在你最深的梦幻里

把怀疑献给荨麻的时间到了

宣布漫游者的友情的时间到了

在包含着真实的寂静里

我出发去找你

直到星球迷宫那些最荒僻的地方

为了在你的嘴上寻找这亲吻

在属于我的你的嘴上寻找我的吻

但我提醒过你要当心黎明的陷阱

活该你将找到你的路

在森林里弯弯绕绕

你不会在任何地方停下来

我的等待强加了爱的法则

我一滴水都不喝

我一个舞都不跳

我一分钟都不睡

我熬夜

我守护并提防这些凶神

为了陷阱中你的美

我需要所有时代的太阳闪光

为了把我的心浸浴在希望中

而我的双眼是站立的士兵

警惕着电闪的光芒之矛

我已经咬过你的掌心

并在你头发的清新中歌唱

很快我身上你的香气像瞬间的高潮

我们的舌头被疯狂的爱所刺激

你的舌头我的舌头绞在一起

你的身体我的身体被火焚烧

火炭流过我们的手指……

美啊你真美

真温柔真的太美了

连夜鸟都被你的光辉惊醒

不想再睡

来到我们默契的牧场露营

我发誓凭这被枪杀者的清晨

凭教堂和清真寺的这些门

我发誓在你低垂的眼眸闭合的眼帘之前

我将学习渴饮所有雨水

直视闪电

我将抛开所有别的女人

决不忘记不管怎样决不忘记

你知道我喜欢回忆

我多重的手抚摸着背部和臂部
蕨在草原的和谐中沙沙作响
那里躺着温柔之力的心愿
但你已教会我走向比天空更高的地方
我的耳朵只为了听见你歌声的福音
当欲望的烈风
鞭打我们的身体

我跟你说话仿佛我已经把你找回
因为你现在离我不远我知道
因为我不能长时间游荡像一个护身符商人
既然夜晚已准备好跃向白天
而我们不是公开的一对
是在灰暗的时辰我们被
许诺给歌声的恩惠
许诺给我们前去的光
迫于男人们的巡逻队
我们将走向大海
扑进浪涛的谷仓
为了返回到黑夜居民
那没有面孔的无名状态

过会儿我找到你时你要告诉我时间
我们去读巴勃罗·聂鲁达

然后你再告诉我时间

我们一起去买右派和左派的报纸

左右右左

我从东读到西你从北讲到南

然后把它们撕碎抛给八方的风

所有饥饿和文盲的角落

然后我们去听那些政客

他们身高不一什么肤色都有

神情严肃的骗子再好不过的先知

因为好像共产主义是为世界和平祝福

资本主义是为世界和平斗争

社会主义是重新定义世界和平

而没有一个民族把**爱**当作意识形态

我们到别处去生活因为上帝住在别处

我们去拜访他我们作为爱的长子

我们跟他讲流亡的年轻人的言语

好让他的恩惠在我们的心中升起

现在是最后的时辰

跪在夜晚极端的敷圣油之前

伊玛目的誓言已经上升

在夜的深处变得模糊不清

在初升太阳的天穹的清新中

骄傲的朝圣者脚步生苔

从"黑石"回到圣父右边

现在让我们重逢吧

赶在蜥蜴的杂技场开始之前

围绕芒果树的树干

那里爬满痛苦的蛇

我听见早晨的门自己打开

必死者的鞋底又回到谎言的围墙

在艰难生活的角斗场面包是

靠被压迫者额头的汗水挣来

但是有一天必须

让鹰用攫取的爪子

偿还它们的猎物那可怕的痛苦

偿还偿还

直到偿还笑声的伤口

现在回来吧

我在那边在寂静的背后等你

我坐在那里抽着缺席的绿色影子

反复喊你的名字直到你的脚步回来

给被我无尽的呼唤所占有的舞蹈以节奏

那时你木琴般的温柔双手

爬上我身体的楼梯与我融为一体

一个男人头顶月亮脚步凌乱目光涣散

走在那边一个封闭小区一条昏暗的街上

那里躺着再也不会醒来的儿童
一些母亲肚腹倒转再也不会生育
因为妇产科已向黄昏发过誓
但我们会生下各个种族的孩子
我会帮你给一些孩子摇摇篮
给另一些孩子做吃的
傍晚我们带他们去散步当白昼
撩开窗帘那时青色和绿色的鸟儿
正飞回它们的天空一角
我知道他们会挺帅我们的孩子
他们不会从傲慢和金钱的
大门走进生活
也不会经过虚荣和懒惰的大门
他们不会是卑鄙者的长子
也不会是杀人犯的后代
我发誓他们的心会带他们到光的祭台
我这就归还给你受祝福的妻子的敬意
你不能再不知晓我的内心祈祷
但我等你回来到水塘那边转一圈
在祖先的森林里奉上祭品
这将是下一个月圆之时
当北方的烈风竖起它篷乱的头发
托付单身者那苍老的心灵
因此我会等待

我歇一会儿再等

为了同你一起有新的生活

因为我决定娶你为妻

决定相信你我的身体我的眼睛

我的快乐我的哭泣我的饥饿和我的丰盛

是的我会对给我帕尔的处女的那些人说不

我知道她不是青草的身体像他们所相信的

因为她有被暴风雨惊吓过的成年人的目光

还有爱……我命名希望的是你

夜已沉睡狗已缩回舌头

我喜欢在梦深处同你的名字在一起

我寻找的是你无处不在的你那个你

你把我变成了那个折返道路的人

当真正的脸走出括号

我是个孩子死亡嘲笑我

而我知道

今天你最终穿上我的梦

我知道我不会选任何一条道路去煽动爱

我是一个面对大海牺牲的被忽略的诗人

被所有的东方所激励

他们说我唱走调了我毫无节奏

说我弄脏了神灵的血

因为我有胆量向水面说出真实

有耐心在标枪的尖头等待乔装的微笑

有一天我会进入所有记忆的圣殿
我发誓要赞美被人民和周围的目光
鼓掌的那些人的职责
有一天也应该为光滑肚子的脂肪付钱
让穷人们的家禽晒晒太阳
我们为他们安排日常的木薯食谱
所有空调永久关闭
我们将它们搬上去
为夜间的乡村墓园守门
我们将在山的秃顶上经历他们的生活
我们不杀生
因为我们是爱的人民

现在有点晚了
从夜晚的头几声脚步开始
我不停地转着圈在内心的洞穴里吼叫
如果你不回来我将返回缆绳
我要到白天的背后去等下一个象征
因为我是印记的人民
我甚至不知道你几岁
我给你爱情诗的年龄
永远古老永远新鲜
我现在在日子的边缘同你说话
在一首诗熄灭的陡削河岸

如果我明天找回你——我知道你会回来

我赠你珊瑚珐琅婚礼的订婚戒指

绿宝石和红宝石

我给你戴上绿金项链

红钻石手镯

黄玛瑙耳坠

我给你戴上惊艳戒指

你牧羊女的头发

在藏红花和琥珀之间摆动

我将命名你人心果的嘴唇

你青草的额头

我要**娶**你

我想重新把希望给予生命

撤销所有的污辱

人们不用再教我什么了

在斗争的尽头

我学会了揭露不幸

而你就是以前被判处死刑的那个女人

如今被歌唱你的爱救起

我不会在话语的门口停步

它让我感到低落

祖先的信任给了我城市的钥匙

而今天我多么爱你

我向你发誓我们的未来不再许诺给神谕

啊如果你回来

我要好好爱你

我们的极乐将惊动天空

但也没关系如果你迟到

我发了誓要守护你

你这么美就像醉酒之夜的隐喻舞会

你还没听过童年的温柔管风琴

而母爱之声的木琴

还没有摇你进入裂开的梦境

但你不会再哭泣

你不再走在绝望的路上

你不再在熄灭的灯下啜泣

你不再用颤抖的手指锁定羞耻

一再探入不确定的衣袋

是的你应该从大门回来

为了用节日香料和肉

让影子也等着你的厨房充满香气

你兄弟们挨饿的影子一二三

然后你睡得开心用这个价格就这个价格

就用这个价格抚平他们的饥饿

你晚上不再很晚回家

永远不做人行道的游荡者偷偷摸摸的身影

我会把你守在身边

就在我们心灵的空间

就在温柔的栅栏和赞美的花园之间

我们将单独待在大房子里

铺满爱和新鲜的笑声

我会把你献给祈祷椰枣和绿洲之水

我不会遮住你的脸

因为你是地平线的镜子

我同你的反光一起行走在

编织白昼的时间瞳孔之上

你知道为什么我呼唤你

你必须在这里为了我

那被枪决的第一场爱最终能放开我

她叫水晶

在面颊的包厢里她给了我

一个奇迹般的五月之夜

星星不只是在天空不唱歌

我栖居在她太阳和雪原的眼睛里

她的额头一枚午夜珊瑚月光下的一吻

我栖居在她灼热如古兰经韵文的手掌上

在第五次祈祷的沉思默想中

她魔幻的嘴唇

我栖居在她迷醉的舌头上

她的手指天鹅在上尼罗河的晨光中

我栖居在她穿着衬衫迎风行走的步伐里

她节日般的嘴

她溪水的抚摸她喷水壶的嗓音

像五颜六色的布料叮当作响

你还想让我再讲一讲她吗

赶在遗忘的法令颁布之前

让我在对她的记忆之路上耽搁一下吧

你会原谅我的我知道

因为你知道有一些女人让人终生难忘

因为她们是梦的枕头上的祭品

而缺失的早晨宣告的强力一直持续

我曾是那么爱她

她给我倒了那么多绿葡萄酒温柔葡萄酒水晶

以至于我沉醉了多久

到底有多久多少日子在众神的桌边

但是……不重要……这一切……如今……

不我决不移动誓言的棱镜

不我不再谈她

回来吧现在回来吧

为我呈现彩虹之夜的女人

因为最后一颗星星将松开咩咩叫的羊群

在早晨的露珠里

在敲响的白昼之钟下面

如果我离开了而你回来

去到南边门口的围墙

牧羊女蜷缩在牛粪堆的那儿

旁边是潮湿的牛奶壶

要一点喝的一直待到傍晚

当白昼溜进荆棘丛的嘈杂声

应和着夜间的人群的征兆

出发吧别说话

我将在高高的树梢边缘同你相聚

在月亮随它的星辰队伍晃动之前

我们将一起做梦

我不会在刚果的屋顶上停留

也不会止步在肯尼亚的友情之间

恩达尔·图特岛灿烂的美人微笑也是徒劳

我不会喝一口岩石泉水

以及从萨卢姆河的岛屿斜坡

优雅地走下来的成熟女人

我自己拒绝一切

我们将径直走向夜晚的道路

朝着另一些夜晚

我们只给白天

留下翅果的印记

我们睡在矮树林的深处

身边是一窝温暖的野兔

我们抱在一起做梦在身体的饱满中

而我们强烈的高潮就像寂静的高潮

应和着一只猛兽的喊叫

我知道是的我知道你上过书本的学校

但你上的是充满恶的广阔世界的学校

坏男人们的全部施舍只是为了赢得打开的大腿

但今天大海停止给波浪计数

从水的地平线深处一个平静的海浪

直到你变凉的双脚我要给你

一场爱的完全奉献的忠诚

童年从未给过你而

生命似乎也不想给你

我看见你的灵魂在我的眼睛里闪光

同你在一起我的播种已经狂喜

而你的亲吻和你的目光

预示着一场幸福的收获

但愿雨不要下你的温柔催熟种子

但愿长柄锄和短柄锄都不要让土地流血

我们高高升起的爱清理杂草

而我们融洽的心生产花束和草料

我们走向所有村庄的谷仓

充盈这些被蛮横无理的灾难夺光的家庭

我们让笑声和梦重新发芽

当你回来

萨赫勒[①]不再从太阳的巨嘴和被阉割的沙子离开

我们要把孩子们抱到怀里

他们皮肤塌陷面对令人惊恐的骨头那边还有

那边在风的田地和荒草后面哀伤的水井旁边

我们要把他们逗笑在巨大罗望子树荫下跳舞

然后我们独自哭泣

我们要到处去触及目光的深度

并给予丰满的节奏

我们要帮助乞丐微笑他们蜷缩

在孤独中同他们一起在一个干净的

街角吃友谊的面包

我们要把夜晚的清凉还给白昼的人民

为了在黎明时显现我们要求早晨

穿上白衣服围着孩子们的笑声

花朵和蜂蜜的携带者

但愿老人们等在房屋的院子里

挨着他们聚集起来的骨头

我们要垂下头颅在闪光的章节里

在他们的圣油里浸湿我们的头发

我们只是归还童年重新度过

他们的生命在神奇的磨石恩惠的祭台上

我发誓我们将改变这个世界

因为爱有隐喻的威力

西非的干旱之风绞拧着这个世界

罪行和友情的招供谎言的颜色

我同你一起走向所有敞开给脚步的道路

在痛苦的陡坡上播下自由的第一批幼苗

我们将建立城市没有房屋没有街道

没有监狱没有仇恨

无名之辈前来过夜

从诞生起男人除了爱和自由无须别的洗礼

当恐惧饥饿或者战争

或者死亡都不再盯着门口

大自然重新自我创造

被枪杀的力量在子弹的碰撞声中

重新从灰尘中站起

每一顿餐食都将端上幸福

赶在街上的恐惧抓住目光的道路之前

因为必须让那些婊子养的

把他们的脖子伸给岩石的蛇

让蜜蜂代表们看护

丰满的香气的迷醉

只是我们将再次上路

我们要去祈祷很晚了在信仰里

坐在古兰经的席子上

在酒椰的清真寺院子里

在时辰的清新中

我们的额头久久搁在清真寺的塔尖上

当仰躺着的地平线从同夜晚的

极致交尾中重新起身

我们将离开上帝

半睡半醒地站在肋骨的背上

在被宽恕的原罪的暗淡中

我们将长久地走在潮湿的沥青路上

我们将握紧麻疯病人的大拇指

在他们孤独的掌心

我们放上最后一点钱

我发誓你们会舍弃快乐

为了最终的幸福

哎我们加快吧

小径有长长的清新

从托罗通向迪亚姆 - 萨莉

我们会经过迪亚马科隆

我们还得停下来为了把礼物

献给西里基的鸟群和吉祥村庄的大门

老人们在那里玩着跳山羊游戏

在一个神谕的晚上疼痛的黄昏中

旅途是长的你知道的曼迪

曼迪我走东边的路

然后踏上北上的路

曼迪我将在墓园门口等你

怀里满是新鲜多汁的青柠檬和红枣

我用项链围绕你的脖子

我为你系上宽腰带

我们走向影子直到荒漠深处

那时我溜进你月色肌肤的夜里

在你果实的胯骨上我寻找你炽热的颤抖

在你肚腹的野蜂蜜里

我港口般的嘴唇在你绿茵的嘴上

曼迪曼迪为什么你迟迟不来

你瞧影子已披上盐的闪光

而我的心铺满红光闪耀的沙子

但你等待什么为了穿过叶丛

我已经满是你

你岛上的香让我好闻

你水藻的微笑和发疯的大笑逗弄我

在充满阳光的贝壳臀部

以及同样的爱的冲锋

而我还没到衰弱之时

此外我不可理解的童年之梦压迫着我

扑进一个宽大裸体的游泳池里

在脱水的人群中

闭上眼睛在混合的汩汩声中

凭我的手指认出塞努福木头的完成形状

精选的身体站立的恩赐仅有的唯一的光

啊非洲曼迪

他们昨天早上来昨天晚上来

今天早上和晚上又来

他们说是为了给我带来世界的消息

阿拉伯在流血

王子们梦见鸽子和枪

非统组织就像大中午的猫头鹰

而西方和美国和中东和亚洲

像几只鹰带着尖喙低低地飞

整个世界是死亡和饥饿的春天

说吧曼迪

如果我在你身上带着热带雨季最丰沛的雨

你会在整个地球上诞下**和平**吗

曼迪但愿爱替大地穿上衣服

曼迪但愿幸福撒满大地

明天我沿上帝的足迹走去

我发誓将永远带回黎明的清新

在顶峰的热烈呼吸之上

我发誓让和平之香在每一片天空发出香气

毫无例外

现在我是多么厌倦

曼迪我是那么喜欢骗你

跟你说大地上任何地方没一个孩子挨饿

没有一个妈妈为被平静的飞行员投下的炸弹
所撕碎的儿童而痛哭

没有一个寡妇在面对尸体的痛楚中陷入困境

没有一个乞丐在一个永远的街角

被卷入破衣烂衫徒劳地等待施舍

骗你跟你说

墓园已关上门

没有一个姐妹在阴影中埋葬衣衫褴褛的孩子

骗你跟你说

没有一个男人身上不带着流亡的可怕激情

骗你骗你曼迪骗你

没有种族隔离

没有索韦托

没有琼斯镇

没有红色高棉

没有黑色九月

没有黎巴黎它像一块巨大的滴血蛋糕

没有巴勒斯坦人民他们因失去土地而漂泊

也没有以色列它的历史是被迫害的迫害者

骗你

为了让你永不知道仇恨

为了让你永不认得杀人犯的手

为了让你永不受野兽欲望的惊吓

为了让你永远不同从冰冷洞穴出来的

骄傲和疯狂走到一起

骗你曼迪

为了天真地爱你

哦我知道

我知道你遇到过无光的日子

黑暗的夜晚你跌倒在男人的陷阱里面

在剥了皮的群蛇的呻吟中

但今天

在你重新发光的眼皮那纯洁的翅膀上

永远不会再有不洁的吻停落

这一天近了

黑夜不再吞没黄昏

野蛮的影子不再允许罪行

光漫遍整个大地

所有的天空唯一的光

只是我们在这个沉闷的白天还得出门

远离水的月亮和星星的水洼

我们会出现在最后一天的太阳囚犯面前

他拽着被巨大的原罪大理石封住的沉重脚跟

我们直直走向死亡的投票箱投了赞成票

我们终有一天会被杀死

我们活着同时我们死了

我们走在被历史的目光看穿的暴君之间

在人民的唾沫中互相争斗

颁布血腥的下一条酷刑

死亡重生死亡目光清澈头脑冷静

我们将宣布我们建成的房屋

在最疯狂的梦幻上凭卡姆的儿子们的汗水

我将卖掉来自法国意大利

美国日本和其他地方的小车

让我们买只是为了几张犁

几筐播种的种子给迪亚斯·帕拉姆的人们

几座桥给奥库特的班巴拉和法法库鲁的农民

几口水井给蒂亚梅内和恩格尔马拉尔的牧羊人

我们将按响隐没的城堡的大门

在穷人进不去的天堂一个福塔人看守着

直直站在他收集的梦面前

我们会要求过夜不再离开

我们同所有显露的傲慢对话

我们将了解所有的不公正

它们导致我们漫长的苦难

凭感动的眼神我们将从粗暴奢华的催眠中

拽出我们目光迷离的姐妹

我们将从恐惧的床单下

拉出一个不忠女子的发狂的身体

而她的丈夫在某处

喊出他喜出望外的幸福

我们将在那边清新的窗户后面等待
在那宽阔的公园里
围绕着光的游泳池
人民的主人的不洁的狂欢变得模糊
但是时辰到了
压倒多数的复仇时刻到了
消灭腐尸的日子到了
就像一场暴风雨刮来
屋顶那紧迫重大的痛苦
没有一片白色的天空伸出

曼迪星星们在屋顶之上闪耀
月亮们在小米的谷仓上照亮
它们不用归还红色露台上空的同一道闪光
和桌子上受到祝福的同一个眼神
那里面包堆积鹅肝冒着香味
曼迪现在来吧赶在残缺的梦
还挂在衰老的儿子们腰间
这残缺的梦栖居在他们的父辈身上
为了主宰的愿望
人们不会朝祈祷着的人民开枪……

在我赤裸的黑肩膀上
曼迪回来把她细沙的梦放下

回来吧

回来递给我你无价的芳香快感

在你的凝视里我准备

那孤独的歌声的长长的失眠

但愿上帝让你回来夜的女儿

挨近你的睫毛在你心灵的白色影子里

我看见明天我的人民和世界的大蜡烛

在伟大天命的祭台上燃起

在穹顶下是三色花——**爱**

    和平

    自由

注：

  1. 萨赫勒，是非洲北部撒哈拉沙漠和中部苏丹草原地区之间的一条超长的地带，从西部大西洋伸延到东部非洲之角，横跨塞内加尔、毛里塔尼亚、马里、布基纳法索、尼日尔、尼日尔利亚、乍得、苏丹共和国和厄立特里亚9个国家。